L.O.L. SURPRISE!™

Novélisation : Catherine Kalengula.
Conception graphique : Claire Kocik.
Mise en pages : Clémentine Lemoine.

Hachette Livre, 58, rue Jean-Bleuzen, 92178 Vanves Cedex.

L.O.L. SURPRISE!™

Une mission pour Sis Cheer

hachette
JEUNESSE

Bienvenue dans le monde des L.O.L. SURPRISE !, un monde où le jeu et les B.B. ont la priorité ! Es-tu prête à découvrir ta nouvelle bande d'amies ?

Yin B.B.

Club Opposites

Yin B.B. a beau être hyper zen, elle a le moral dans les chaussettes, ces temps-ci. Comme s'il lui manquait quelque chose pour être heureuse… mais quoi ?

Yang Q.T.

Club Opposites

Yang Q.T. est la sœur jumelle de Yin B.B. Les deux B.B. sont inséparables : elles ne font jamais rien l'une sans l'autre !

Sis Cheer

Lil Agent OOL

Club Athlétique

Sis Cheer est sans doute la plus joyeuse des B.B. Rien ne peut entamer sa bonne humeur ! À part peut-être voir les autres B.B. malheureuses…

Club Glitterati

Lil Agent OOL est la petite sœur d'Agent OOL. Elle ne se déplace jamais sans son chaton et elle passe beaucoup de temps avec Sis Cheer.

Agent OOL

Agent Baby

Club Glitterati

Agent OOL et Agent Baby sont les voisines de Sis Cheer. Et elles sont aussi apprenties détectives. Enfin, c'est ce qu'elles disent !

Sis Cheer, du club Athlétique, a une passion dans la vie : la vie ! Elle peut s'extasier devant des choses toutes simples. Un joli lever de soleil, un oiseau qui siffle devant sa fenêtre ou un sourire gentil. Pour elle, chaque journée qui commence est synonyme de promesses. Que va-t-il se passer de bien aujourd'hui ? Quelles belles surprises la vie va-t-elle lui réserver ? Une rencontre sympathique, un éclat de rire ?

Il suffit vraiment d'un rien pour la combler ! Depuis peu, elle a trouvé un travail au *B.B. Bistro.* Elle y est à la fois serveuse, animatrice, chargée d'accueil et clown de service. Et ça lui plaît beaucoup !

Dès qu'un client fait son entrée, Sis Cheer

agite les pompons accrochés à ses mains.

– *Bienvenue au* B.B. Bistro *!* chante-t-elle. *Le bistro le plus rigolo ! Pour un jus de fruit ou une glace au sirop ! Ici, vous serez très « heuros » !*

Bon, il faut sans doute qu'elle travaille encore un peu sa

dernière rime. Mais, au moins, ça fait rire les gens ! Parce que, si Sis Cheer adore la vie, elle déteste une chose : voir des personnes tristes. Ça lui brise le cœur ! Elle voudrait que tout le monde ressente le même bonheur qu'elle. Et elle adore rendre service aussi. La preuve : aujourd'hui, elle veille sur Lil Agent OOL, la petite sœur de l'une de ses voisines, et sur leur chaton.

Le *B.B. Bistro* se remplit à vue d'œil. Tiens, une nouvelle cliente arrive ! Elle porte une jolie robe noire et elle a une mèche blanche dans ses cheveux. Vite, Sis Cheer accourt pour l'accueillir. Et c'est reparti pour la chansonnette !

– *Bienvenue au* B.B. Bistro *!* fredonne-t-elle. *Le bistro le plus rigolo ! Pour un jus de fruit ou une glace au sirop ! Ici, vous serez très « heuros » !*

En général, les clients éclatent de rire. Ou, au moins, ils sourient. Mais là, horreur ! La B.B. fond en larmes.

Sis Cheer ne sait plus où se mettre. D'accord, elle ne chante pas très bien. Et sa rime est un petit peu forcée. Beaucoup, même. Mais de là à pleurer !

– Oh, je suis vraiment désolée ! s'excuse-t-elle. Viens, je vais te trouver une table.

– J'en... veux... une... dans... le fond, hoquette la cliente.

Une fois installée, celle-ci continue de sangloter. Sis Cheer a beau remuer ses pompons, rien n'y fait. Et elle commence à se demander si sa chansonnette est le seul problème. Comment aider cette pauvre B.B. en détresse ?

– Je sais ! s'exclame-t-elle. Que dirais-tu d'une glace Tour Eiffel ? Elle est tellement haute que je la fais tomber une fois sur deux ! Bon, je ne devrais peut-être pas m'en vanter…

– Non… merci, bredouille la cliente.

– Une Méga Pizza Chocolat, alors ? suggère Sis Cheer. C'est une super grande pizza avec... du chocolat.

La cliente secoue la tête. Sis Cheer passe tout le menu en revue, sans succès.

– Je vou... voudrais... juste... un verre d'eau, finit par dire la B.B. tristounette.

Un verre d'eau alors que le *B.B. Bistro* offre les meilleurs plats de la ville ?! Cette fois, l'heure est grave. Sis Cheer doit absolument agir ! Elle exécute une petite danse. Résultat : la cliente pleure de plus belle.

Mais qu'est-ce que Sis Cheer va faire ?

Sis Cheer réfléchit, réfléchit, réfléchit. Comment aider cette B.B. à l'air désespéré ? Elle ne peut pas la laisser dans cet état ! Soudain, deux nouvelles clientes surgissent. Sis Cheer les connaît : il s'agit de Shimone Queen et de Glamour Queen. Elles sont célèbres sur Internet !

Et ça lui donne une idée. Elle fonce les accueillir.

– *Bienvenue au* B.B. Bistro *!* fredonne-t-elle. *Le bistro le plus rigolo ! Pour un jus de fruit ou une glace au sirop ! Ici, vous serez très « heuros » ! Vous pouvez me donner un petit coup de « mo » ?*

– Un petit coup de *quoi* ? demande Shimone Queen. Pas compris.

Sis Cheer grimace. Bon, il faudrait sûrement qu'elle arrête avec ses rimes forcées. Elle se penche à l'oreille des deux célébrités.

– Il y a une B.B. très triste au fond de la salle, leur chuchote-t-elle. Mais je suis sûre qu'un petit selfie avec vous lui redonnerait le sourire !

– Pas de souci, lui répond gentiment Glamour Queen. Nous en serions ravies, pas vrai, Shimone Queen ?

– Oui, mais est-ce qu'on ne pourrait pas manger, avant ? demande son amie. J'ai trop envie d'une glace Tour Eiffel !

– Ça ne prendra qu'une minute, plaide Sis Cheer.

Et après, je t'apporterai une double glace Tour Eiffel, rien que pour toi !

Shimone Queen s'empresse de hocher la tête. Ravie, Sis Cheer guide ensuite les deux vedettes auprès de sa cliente en larmes. Pourvu que son idée fonctionne !

– Regarde qui est là ! lui lance-t-elle.

– Shi.... mone Queen et... Gla... mour Queen ? s'étonne Yin B.B. avec un tout petit sourire.

– Ça te dirait, un selfie ? propose Shimone Queen.

– Me... Merci, balbutie la B.B. Mais je... je ne me sens pas très bien, aujourd'hui... Pa... pardon.

– Pas de souci, la rassure Glamour Queen. Fais-nous signe si tu changes d'avis.

Et la B.B. se remet à pleurer. Tandis que Shimone Queen et

Glamour Queen s'installent pour manger leurs glaces, Sis Cheer se sent de plus en plus démunie. Si même un selfie avec deux stars n'arrive pas à égayer sa cliente, alors quoi ? Elle doit absolument savoir ce qui ne va pas !

Pour cela, elle décide de s'asseoir à sa table.

– Raconte-moi tout, l'invite-t-elle.

Et elle ouvre grand ses oreilles. La cliente, Yin B.B., a une sœur jumelle, qui s'appelle Yang Q.T. Les deux

sœurs sont insé-
parables : elles ne font rien l'une sans l'autre et se racontent absolument tout. Et même plus que ça ! Chaque jour, elles s'amusent à dessiner un faux tatouage en forme de demi-cœur sur leur poignet, pour symboliser le lien qui les unit. Mais, la semaine dernière, Yin B.B. et Yang Q.T. se sont disputées, à cause d'une stupide histoire de coiffure. Et depuis, Yin B.B. n'a plus de nouvelles de sa sœur adorée. Elle ne sait

même pas où elle se trouve, comme si sa jumelle avait disparu de la surface de la terre !

– Elle me manque, tu comprends ? confie-t-elle. Je voudrais tant la revoir !

– Oui, je te comprends, lui assure Sis Cheer. Et je te promets une chose : je vais agiter mes pompons dans tous les sens s'il le faut, mais je retrouverai Yang Q.T. !

Reconnaissante, Yin B.B. lui sourit.

3 — Les apprenties détectives

Maintenant qu'elle a promis d'aider Yin B.B., Sis Cheer se demande comment retrouver sa sœur jumelle. Sur Internet, il n'y a aucune trace de Yang Q.T. C'est donc pensive que la B.B. rentre chez elle, avec Lil Agent OOL et son chaton… Dans le jardin voisin, elle aperçoit deux silhouettes : celles de ses voisines, Agent OOL et Agent Baby. Elles viennent d'arriver dans le quartier et, bien sûr, Sis Cheer s'est fait une joie de les accueillir avec ses pompons et une chansonnette. Ça donnait quelque chose comme ça : « *Bienvenue dans notre rue ! Ici, tout le monde gagne à être connu ! En cas de souci ou de questions, voici mon numéro de "téléphon" !* »

Depuis, elle a appris à les connaître. Et elle les adore !

– Coucou ! leur lance-t-elle tandis que Lil Agent OOL s'empresse de rejoindre sa grande sœur. Vous avez passé une bonne journée ?

Les deux B.B. prennent un air mystérieux. Elles font toujours ça. Au début, leur étrange comportement étonnait un peu Sis Cheer, mais elle s'y est habituée. Et elle trouve ça plutôt rigolo ! C'est comme si Agent OOL et Agent Baby jouaient dans un film de détectives ou d'espions…

La première fait signe à Sis Cheer de s'approcher. La seconde jette des regards aux alentours.

– Parle moins fort, demande Agent OOL. On ne sait jamais.

– Les murs ont des oreilles, ajoute Agent Baby.

Sis Cheer se retient de rire. Elle ne voudrait surtout pas les vexer !

– On est en mission, lui indique Agent OOL.

– Ah oui ? s'intéresse Sis Cheer. Et elle consiste en quoi, votre mission ?

– On doit retrouver le ballon préféré de Lil Agent OOL, précise Agent Baby.

Sis Cheer désigne une chose rose et ronde dans un coin du jardin.

– Ce ne serait pas ça, par hasard ?

– Mais oui ! s'exclament en chœur les espionnes à casquette. Mission accomplie ! Voudrais-tu faire partie de notre future agence de détectives ? On t'engage !

Cette fois, Sis Cheer éclate de rire. Quels sacrés numéros, ces deux-là !

– C'est vraiment très gentil, mais j'ai déjà un travail, merci, leur répond-elle. En revanche, j'aurais une mission à vous confier, si vous êtes disponibles.

Tout excitées, Agent OOL et Agent Baby lui font un

signe discret. Si discret que Sis Cheer ne comprend pas. Agent Baby murmure :

– Entre, on va parler de tout ça…

Sis Cheer n'est pas certaine que ses deux voisines détectives seront capables de retrouver Yang Q.T. Après tout, elles débutent dans le métier ! Mais elle leur fait confiance. Et surtout, elle veut aider Yin B.B…

La semaine suivante, Yin B.B. revient chaque jour

au *B.B. Bistro.* Ça lui fait du bien de sortir et de discuter avec l'adorable Sis Cheer. Parfois, elle se demande si elle ne l'embête pas trop avec ses histoires. Mais Sis Cheer l'écoute toujours avec un large sourire et beaucoup de compassion. Sans oublier ses chansons ! Yin B.B. ignore si elle va réussir à retrouver Yang Q.T. Tout ce qu'elle sait, c'est que sa sœur jumelle

lui manque énormément ! Heureusement, la compagnie de Sis Cheer lui met un peu de baume au cœur…

Un matin, alors qu'elle arrive au *B.B. Bistro*, Sis Cheer l'accueille avec une nouvelle chanson.

– Aujourd'hui, tu vas aller te promener ! Tu verras, ça va te changer les idées ! Alors, viens donc avec moi. On va aller au port pour prendre un « batoi » !

– Un *quoi* ? lui demande Yin B.B., amusée.

– Oh, oui, pardon, je voulais dire « un bateau » ! indique Sis Cheer. Allez, dis oui, s'il te plaît ! J'ai pris ma journée exprès et j'ai tout organisé.

Yin B.B. n'a pas le cœur de refuser...

Sis Cheer emmène Yin B.B. jusqu'au port. Là, elles embarquent à bord de trois canots, en compagnie de Lil Agent OOL et de son chaton. Tout est prévu : encas, boissons, maillots de bain. Sis Cheer a vraiment bien organisé leur promenade. Même le beau temps est de la partie ! La mer brille sous les rayons du soleil, et le petit groupe quitte tranquillement le rivage.

– On va loin ? demande Yin B.B., qui suit les autres.

– Non, pas trop, non, lui répond Sis Cheer, l'air vague.

Elle veut sans doute lui réserver une surprise. Alors Yin B.B. cesse de la questionner. Mais les minutes passent. Puis les heures. Les B.B. naviguent longtemps, très longtemps.

– Je ne voudrais pas t'embêter, mais on est bientôt arrivés ? finit par demander Yin B.B.

– Oui, oui, affirme Sis Cheer.

Yin B.B. commence à se poser des questions. Où Sis Cheer la conduit-elle ? Elles dépassent de jolis îlots ensoleillés où elles auraient pu pique-niquer. Et de belles plages nichées entre les rochers. Soudain, sans prévenir, le temps se refroidit.

– Si on va jusqu'au pôle Nord, tu aurais dû m'avertir, plaisante Yin B.B. J'aurais emporté ma doudoune et mon bonnet !

Sis Cheer ne répond pas. Sérieuse, elle vérifie le cap à l'aide d'une boussole et d'une carte.

Pendant ce temps, Yin B.B. observe les alentours. Là, droit devant, elle aperçoit… un iceberg ! Comment est-ce possible ?

– Mais où sommes-nous ? s'étonne-t-elle.

– Dans un endroit reculé au climat mystérieux que même les scientifiques ne savent pas expliquer, confie Sis Cheer. Malgré le froid, il y a des sources d'eau chaude et des palmiers.

Mais Yin B.B. a beau regarder, elle ne voit rien qui ressemble de près ou de loin à un arbre. Il y a juste de gros glaçons qui flottent autour de leurs embarcations. Et elle se met à grelotter.

– En tout… tout cas, j'es… j'espère qu'on arrive bientôt, balbutie-t-elle en claquant des dents. Je… je suis gelée.

Elle a si froid qu'elle ne parvient plus à articuler. Et soudain, *plouf*, elle tombe dans l'eau glacée ! Au secours ! Vite, Sis Cheer s'empresse de la repêcher. Mais, maintenant, Yin B.B. est congelée… pour de vrai !

– *Heureusement, on atteint notre destination !* chantonne

Sis Cheer. *Car Yin B.B. s'est transformée en glaçon ! Mes amis, vite, aidez-moi ! On va la « réchauffoi » !*

Elle accoste sur une île recouverte de neige et de palmiers. Là, elle guide Yin B.B. jusqu'à une source d'eau bien chaude, dont s'échappe de la vapeur. La B.B. se jette aussitôt dedans.

– Quel endroit surprenant ! déclare-t-elle.

– Et tu n'es pas au bout de tes surprises, lui assure Sis Cheer avec un clin d'œil.

Sur ces mots, elle désigne trois silhouettes au loin…

Sis Cheer attend la réaction de Yin B.B. Mais celle-ci est tellement occupée à barboter qu'elle ne fait pas attention aux trois arrivantes.

– Cette île est vraiment incroyable, commente Yin B.B., d'un ton rêveur. Merci pour cette découverte ! Ah, comme je

suis bien, ici ! Je pourrais faire trempette toute la journée.

– Yin B.B., tu veux bien sortir la tête de l'eau et te retourner, s'il te plaît ? lui demande Sis Cheer.

Yin B.B. obéit et aperçoit enfin les silhouettes qui approchent. Au début, elle voit seulement deux B.B. à casquette qu'elle ne connaît pas. Des amies de Sis Cheer, peut-être ? Mais, juste après, elle distingue une autre B.B. Et là, elle n'en croit pas ses yeux.

– Oh là là ! Oh là là ! s'exclame-t-elle, sans rien trouver d'autre à dire.

Est-ce vraiment Yang Q.T. qui se tient devant elle ? Ou bien le froid lui donne-t-il des hallucinations ? Sis Cheer semble lire dans ses pensées.

– Les deux super détectives que tu vois là ont retrouvé la trace de Yang Q.T., raconte-t-elle. Ta sœur est venue se réfugier dans cette contrée inconnue. Tellement inconnue qu'il n'y a pas de réseau !

– Oh là là ! répète Yin B.B., remplie d'émotion. Oh là là !

Tout aussi bouleversée, Yang Q.T. plonge à ses côtés dans la source d'eau chaude. Puis elles se serrent dans les bras l'une de l'autre. Comme Yin B.B., Yang Q.T. a continué de dessiner une moitié de cœur sur son poignet.

– Oh là là ! Oh là là ! s'écrient les jumelles.

Soudain, Yin B.B. baisse la tête.

– Tu sais, je suis vraiment désolée d'avoir critiqué ta nouvelle coiffure, s'excuse-t-elle.

En fait, elle te va hyper bien. C'est juste que j'aimais bien avoir la même coupe que toi…

– Il s'agit seulement d'une coiffure, lui répond sa sœur. Ça ne nous empêche pas de nous adorer, tu ne crois pas ?

Yin B.B. approuve en souriant.

Sis Cheer essuie une petite larme. Quelles belles retrouvailles ! Elle se tourne ensuite vers Agent OOL et Agent Baby.

– Oh, merci ! Vous avez été géniales ! Je n'aurais jamais

pensé à chercher Yang Q.T. dans un endroit comme celui-ci.

– Justement, souligne Agent OOL. C'était le seul endroit auquel personne n'aurait pensé !

– Sauf nous, ajoute Agent Baby.

Sis Cheer éclate de rire.

– Bravo !

Puis elle regarde les deux sœurs enfin réunies. Et elle se dit qu'il est peut-être temps de s'éclipser. Elle ne voudrait surtout pas les déranger ! Ça va quand même lui faire bizarre de ne plus voir Yin B.B. au *B.B. Bistro*. Elle s'est attachée à elle, au fil des jours et de leurs conversations. Mais maintenant que Yin B.B. a retrouvé sa sœur jumelle,

elle n'aura sûrement plus envie de bavarder avec Sis Cheer... Alors que celle-ci regagne son canot sur la pointe des pieds, elle entend quelqu'un l'appeler.

– Attends ! lui crie Yin B.B.

– Oui, reviens ! l'invite Yang Q.T. On a une surprise pour toi !

Sis Cheer rebrousse chemin. Après un sourire à Yang Q.T., Yin B.B. se met à chanter.

– *Sis Cheer, c'est vraiment la meilleure ! Et en plus, elle a un grand cœur ! Sis Cheer, je suis devenue ton amie. Veux-tu bien devenir la mienne aussi ?*

Elle grimace.

– Mince, j'ai fait une vraie rime ! constate-t-elle. Ce n'est vraiment pas facile de t'imiter.

– C'est tout un art, en effet, plaisante Sis Cheer, au comble du bonheur. Mais je t'apprendrai, si tu veux. En revanche, il faudra beaucoup de leçons. Ça veut dire que tu devras revenir souvent au *B.B. Bistro.*

– Tous les jours, même, s'il le faut ! lui assure Yin B.B., avec un large sourire.

Folle de joie, Sis Cheer jette ses pompons en l'air, avant d'aller plonger dans l'eau bouillonnante...

Fin

L.O.L. SURPRISE!™

As-tu lu les premiers tomes ?

L.O.L. SURPRISE!
LA BIBLIOTHÈQUE rose
À l'abordage, Captain B.B. !

L.O.L. SURPRISE!
LA BIBLIOTHÈQUE rose
Chaton en détresse !

L.O.L. SURPRISE!
LA BIBLIOTHÈQUE rose
La vie en fluo

L.O.L. SURPRISE!
LA BIBLIOTHÈQUE rose
Drôle de rêve !

L.O.L. SURPRISE!
LA BIBLIOTHÈQUE rose
Rivales d'un jour

L.O.L. SURPRISE!
LA BIBLIOTHÈQUE rose
Un dîner presque parfait

L.O.L. SURPRISE!
LA BIBLIOTHÈQUE rose
Vive l'aventure !

L.O.L. SURPRISE!
LA BIBLIOTHÈQUE rose
Coiffures sur mesure

PUBLICITÉ
REJOINS LE CLUB
L.O.L.
SURPRISE!
RETROUVE
TES POUPÉES L.O.L.
DANS LEUR MAGAZINE
OFFICIEL !
EN CADEAU : 2 COLLIERS SURPRISES
REJOINS LE CLUB L.O.L. SURPRISE!
JEU CONCOURS : 20 POUPÉES L.O.L. SURPRISE DANCE À GAGNER
C'EST PARTI !
EN RYTHME !
TOUS LES DEUX MOIS
AU RAYON PRESSE
TON MAGAZINE
+ TES CADEAUX
5,50 €
SEULEMENT
À CHAQUE PARUTION
DES ACTIVITÉS
DES JEUX
PLEIN D'INFOS SUR
LES POUPÉES L.O.L.
© MGA
www.paninikids.fr

Table

hachette s'engage pour l'environnement en réduisant l'empreinte carbone de ses livres. Celle de cet exemplaire est de :
200 g éq. CO_2
Rendez-vous sur
www.hachette-durable.fr

PAPIER À BASE DE FIBRES CERTIFIÉES

Photogravure Nord Compo - Villeneuve-d'Ascq

Imprimé par Rotolito Romania en Roumanie
Dépôt légal : juin 2021
Achevé d'imprimer : mai 2021
30.4115.1/01 – ISBN 978-2-01-713119-9
Loi n° 49956 du 16 juillet 1949
sur les publications destinées à la jeunesse